O JARDIM DE OLÍVIA

Escrito por Lúcio Goldfarb

Ilustrado por Pedro Menezes
e João Menezes Wagner

Para as Olívias, Marias, Alices, Bias, Helenas, Anas, Denises, Claudias, Esthers, Patrícias, Julianas, Cecílias, Renatas, Lizandras, Ninas e todas as meninas que podem ser e fazer o que quiserem.

“QUE LUGAR HORRÍVEL.
NÃO QUERO GOSTAR DAQUI.”

OLÍVIA ESTAVA NO
JARDIM DA CASA NOVA.
MAS SEUS PENSAMENTOS
NÃO ESTAVAM ALI. ELA
SÓ QUERIA QUE TUDO
FOSSE COMO ANTES.

UMA FILEIRA DE FORMIGAS
CHAMOU SUA ATENÇÃO.
OLÍVIA AS SEGUIU E DESCOBRIU
QUE ELAS LEVAVAM FOLHAS
AO FORMIGUEIRO.

LOGO DEPOIS, OLÍVIA DESCOBRIU UMA
COISA DIFERENTE NA JABUTICABEIRA.

UM CASULO.

OLÍVIA CONTOU PARA SUA MÃE O QUE ENCONTROU.
ELA DEU UMA IDEIA: “POR QUE NÃO ANOTA
SUAS DESCOBERTAS EM UM CADERNO?
APOSTO QUE VOCÊ VAI SE DIVERTIR.”

FOI O QUE OLÍVIA FEZ. COMEÇOU A ANOTAR
TUDO O QUE VIA E APRENDIA NO JARDIM.

Este caderno
pertence à olívia.

OLÍVIA ENCONTROU UMA ARANHA EM SUA TEIA.
ELA FICOU ESPERANDO QUIETINHA.
QUANDO UMA MOSCA DISTRAÍDA
CAIU NO MEIO DA TEIA... NHAM!

A ARANHA CONSEGUIU UM BOM ALMOÇO.

MUITO ATENTA, OLÍVIA FEZ DESENHOS
E ANOTAÇÕES EM SEU CADERNO.

A teia de aranha é
muito grudenta para
prender os bichinhos.

ELA TAMBÉM FEZ ANOTAÇÕES
SOBRE UM BEM-TE-VI QUE CANTAVA
NO TELHADO DA CASA.

Máscara
Seu canto é
forte e triste:
BEM-TE-VI!

EM UMA DAS ÁRVORES HAVIA UM BICHO ESCONDIDO QUE ERA IGUALZINHO A UMA FOLHA DE VERDADE.

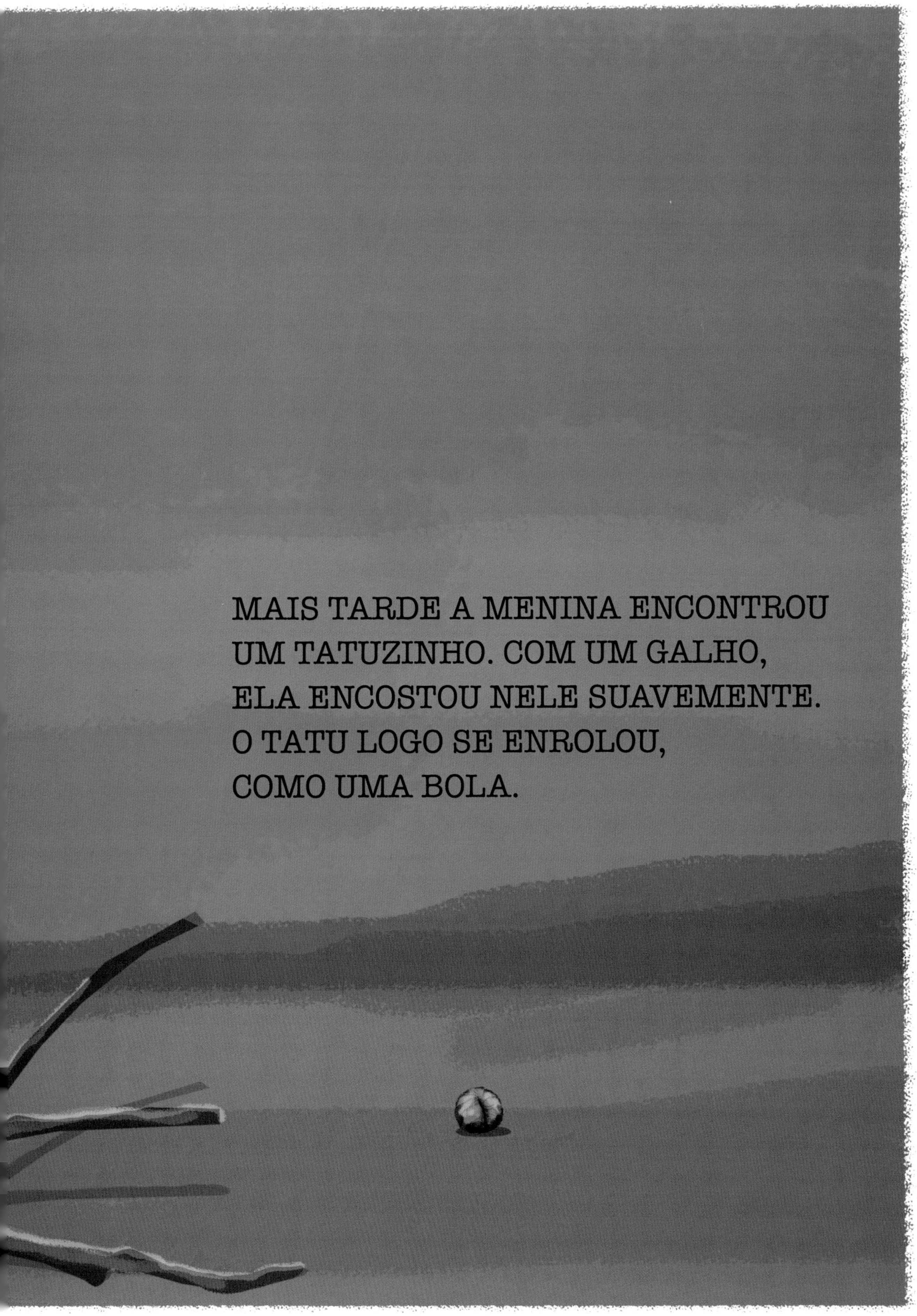

MAIS TARDE A MENINA ENCONTROU
UM TATUZINHO. COM UM GALHO,
ELA ENCOSTOU NELE SUAVEMENTE.
O TATU LOGO SE ENROLOU,
COMO UMA BOLA.

Por que o Tatu
faz assim?
Será que ele está com
medo do galho?

ALÉM DOS BICHINHOS, O JARDIM
TAMBÉM TINHA PLANTAS INTERESSANTES.
OLÍVIA CONHECEU UMA FLOR DIFERENTE,
O DENTE-DE-LEÃO.

ELE PARECIA FEITO DE ALGODÃO.
AO SER SOPRADO SUAS PÉTALAS VOAVAM,
SE ESPALHANDO PELO JARDIM.

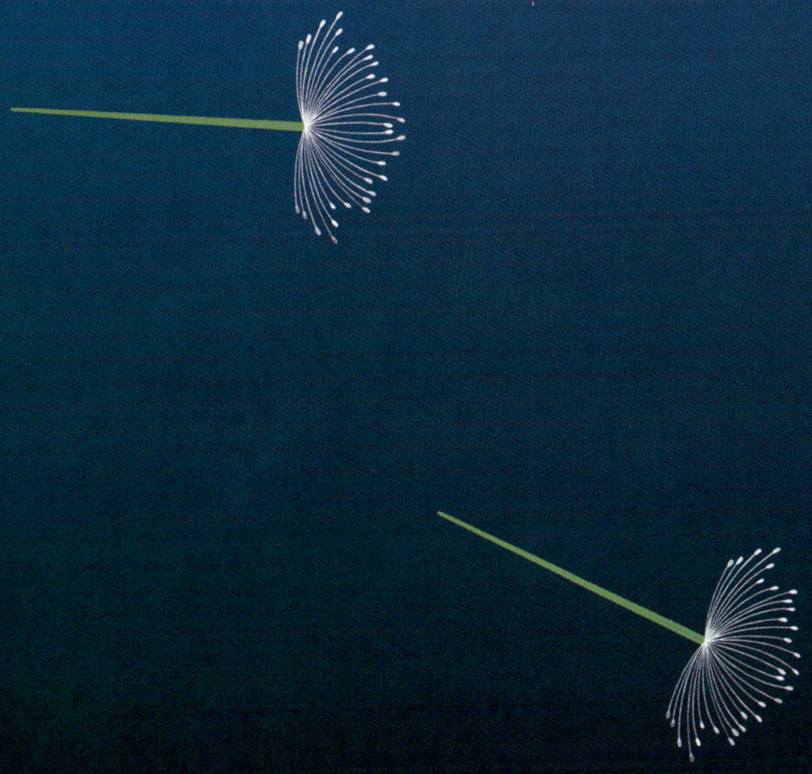

NO DIA SEGUINTE,
ALGO INCRÍVEL ACONTECEU.
O CASULO DA JABUTICABEIRA
ESTAVA SE MEXENDO.

De um seco casulo saiu uma linda borboleta.

NESSE MESMO DIA, O BEM-TE-VI REAPARECEU.
OLÍVIA FEZ UMA NOVA ANOTAÇÃO:
“O CANTO DO BEM-TE-VI NÃO É TRISTE.
É ALEGRE E ME DEIXA FELIZ”.

NO SÁBADO, O PAPAI VEIO BUSCAR OLÍVIA
PARA PASSAR O FIM DE SEMANA COM ELE.
ELA ESTAVA MUITO ANSIOSA E LEVOU
O CADERNO DE ANOTAÇÕES PARA MOSTRAR.

DEPOIS DE FOLHEAR O CADERNO,
SEU PAI DISSE, SORRINDO: “ACHO QUE
OLÍVIA VAI SER CIENTISTA, COMO A MÃE”.

À NOITE, OLÍVIA FEZ MAIS UMA ANOTAÇÃO NO SEU CADERNO:
"ASSIM COMO OS BICHOS, AS FAMÍLIAS SÃO DIFERENTES. AGORA NÓS MORAMOS EM CASAS SEPARADAS, MAS SOMOS FELIZES E NOS AMAMOS. ISSO É O QUE IMPORTA."

O texto deste livro foi editado conforme as normas do novo acordo ortográfico da língua portuguesa, em vigor no Brasil desde 1º de janeiro de 2009.

Editora | Lizandra Magon de Almeida
Projeto gráfico e diagramação | Pedro Menezes
Assistência editorial | Equipe Editora Jandaíra
Revisão | Maria Ferreira
Impressão | PlenaPrint

Foto: Eduardo Barcellos

Lúcio Goldfarb é publicitário por formação, produtor audiovisual por profissão e escritor por paixão. Além dos livros infantis, cria formatos de série de TV e escreve crônicas e contos no blog Unanimidade em Varsóvia.

Foto: Fabrício Mota

Pedro Menezes está envolvido com criação desde 1992. Além de pai do João, é ilustrador e designer gráfico. É também autor do livro Caderno de Observação de um Filho e do livro Suki e a Ilha do Horizonte. Também se arrisca com textos no Unanimidade em Varsóvia.

Este é o sétimo livro da dupla (que ganhou a luxuosa contribuição do João). Os seis primeiros, Joãozinho Quero-Quero; Cadu e o Mundo que não Era; Urso Alfredo e o Mistério na Neve; Uma Menina, um Rio; Dois Ursos Diferentes e Nina no Espaço também foram publicados pela Editora Jandaíra.

Foto: Mayara Netto

João Menezes Wagner é filho da Renata e do Pedro. Desde cedo gosta muito de desenhar. Adora livros e bichos. Tem dois gatos, a Lina e o Fidel.

Dados Internacionais de Catalogação na Publicação (CIP)
Maria Helena Ferreira Xavier da Silva/ Bibliotecária - CRB-7/5688

Goldfarb, Lúcio
C618j O jardim de Olívia / Lúcio Goldfarb ; ilustrações [de] Pedro Menezes , João Menezes Wagner. - São Paulo : Jandaíra, 2022. 48 p. ; 27,5 cm.

ISBN 978-65-5094-024-9

1. Literatura. 2. Literatura - Infantojuvenil. 3. Histórias - Infantojuvenis. I. Menezes, Pedro, il. II. Wagner, João Menezes, il. III. Título.

Número de Controle: 00052